猿ヶ島

太宰治＋すり餌

初出：「文學界」1935年9月

太宰治

明治42年（1909年）青森県生まれ。小説家。1935年、「逆行」が第1回芥川賞の次席となり、翌年、第一創作集『晩年』を刊行。『斜陽』などで流行作家となるが、『人間失格』を残し玉川上水で入水自殺した。「乙女の本棚」シリーズでは本作のほかに、『駈込み訴え』、『待つ』、『女生徒』、『魚服記』、『葉桜と魔笛』がある。

すり餌

イラストレーター。岩手県出身。シンプルなタッチながらも水墨画のような柔らかな色合いを使った、デザイン的な「和」のイラストを得意とする。小説装画・MV・パッケージデザインなど、多岐にわたり活動中。著書に『ささめうた　すり餌作品集』、イラスト掲載書籍に『妖し』『ILLUSTRATION 2022』がある。

はるばると海を越えて、この島に着いたときの私の憂愁を思い給え。夜なのか昼なのか、島は深い霧に包まれて眠っていた。私は眼をしばたたいて、島の全貌を見すかそうと努めたのである。裸の大きい岩が急な勾配《こうばい》を作っていくつもいくつも積みかさなり、ところどころに洞窟《どうくつ》のくろい口のあいているのがおぼろに見えた。これは山であろうか。一本の青草もない。

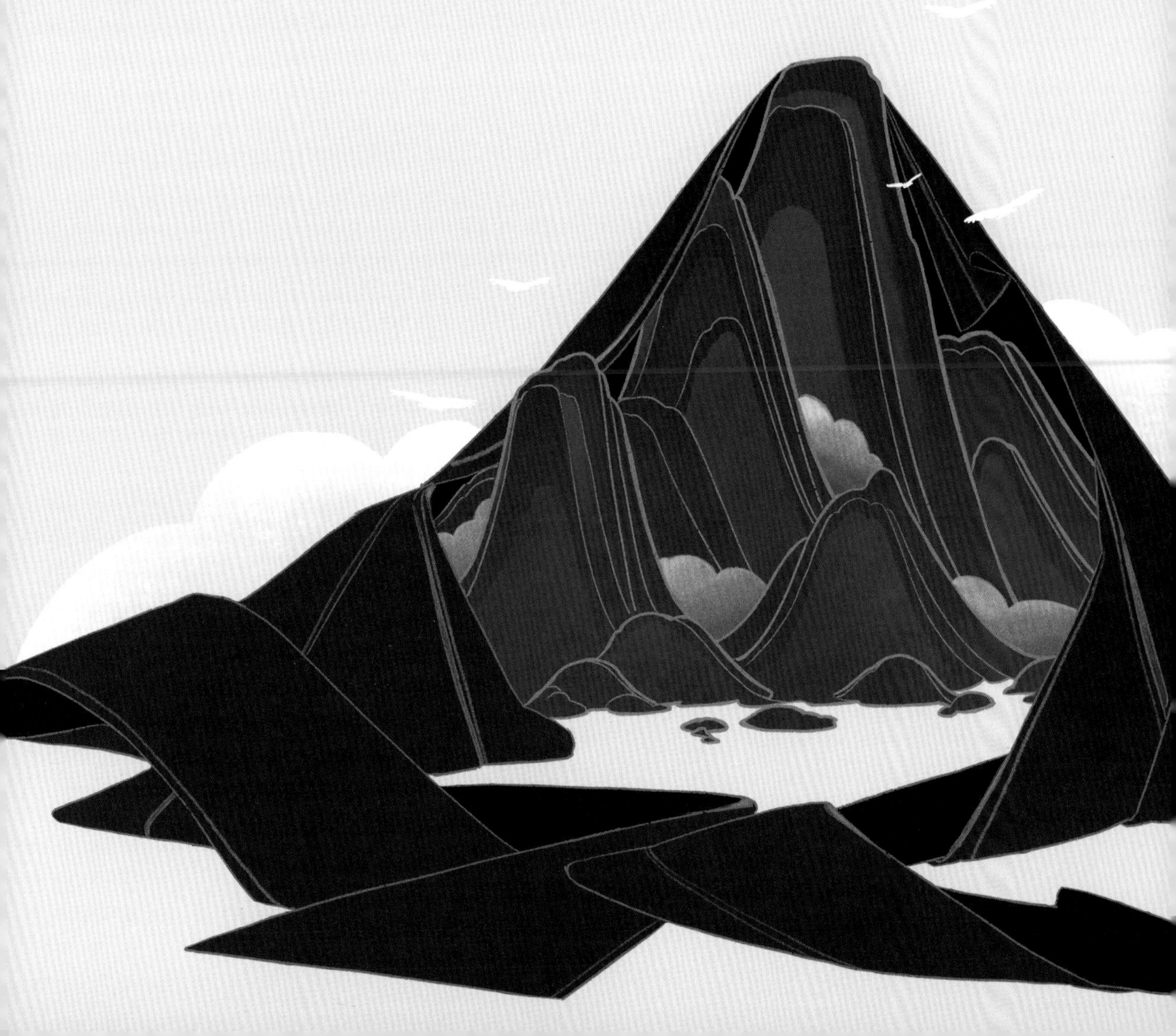

私は岩山の岸に沿うてよろよろと歩いた。あやしい呼び声がときどき聞える。さほど遠くからでもない。狼《おおかみ》であろうか。熊であろうか。しかし、ながい旅路の疲れから、私はかえって大胆になっていた。私はこういう咆哮《ほうこう》をさえ気にかけず島をめぐり歩いたのである。

私は島の単調さに驚いた。歩いても歩いても、こつこつの固い道である。右手は岩山であって、すぐ左手には粗い胡麻石《ごまいし》が殆ど垂直にそそり立っているのだ。そのあいだに、いま私の歩いている此の道が、六尺ほどの幅で、坦々とつづいている。

道のつきるところまで歩こう。言うすべもない混乱と疲労から、なにものも恐れぬ勇気を得ていたのである。

ものの半里も歩いたろうか。私は、再びもとの出発点に立っていた。私は道が岩山をぐるっとめぐってついてあるのを了解した。おそらく、私はおなじ道を二度ほどめぐったにちがいない。私は島が思いのほかに小さいのを知った。

霧は次第にうすらぎ、山のいただきが私のすぐ額のうえにのしかかって見えだした。峯《みね》が三つ。まんなかの円い峯は、高さが三四丈もあるであろうか。様様の色をしたひらたい岩で畳まれ、その片側の傾斜がゆるく流れて隣の小さくとがった峯へ伸び、もう一方の側の傾斜は、けわしい断崖をなしてその峯の中腹あたりにまで滑り落ち、それからまたふくらみがむくむく起って、ひろい丘になっている。断崖と丘の硲《はざま》から、細い滝がひとすじ流れ出ていた。滝の附近の岩は勿論《もちろん》、島全体が濃い霧のために黝《あおぐろ》く濡れているのである。木が二本見える。滝口に、一本。樫《かし》に似たのが。丘の上にも、一本。えたいの知れぬふとい木が。そうして、いずれも枯れている。

私はこの荒涼の風景を眺めて、暫《しばら》くぼんやりしていた。霧はいよいようすらいで、日の光がまんなかの峯にさし始めた。霧にぬれた峯は、かがやいた。朝日だ。それが朝日であるか、夕日であるか、私にはその香気でもって識別することができるのだ。それでは、いまは夜明けなのか。

私は、いくぶんすがすがしい気持になって、山をよじ登ったのである。見た眼には、けわしそうでもあるが、こうして登ってみると、きちんきちんと足だまりができていて、さほど難渋でない。とうとう滝口にまで這いのぼった。

ここには朝日がまっすぐに当り、なごやかな風さえ頬に感ぜられるのだ。私は樫に似た木の傍へ行って、腰をおろした。これは、ほんとうに樫であろうか、それとも楢《なら》か樅《もみ》であろうか。私は梢《こずえ》まで ずっと見あげたのである。枯れた細い枝が五六本、空にむかい、手ぢかなところにある枝は、たいていぶざまにへし折られていた。のぼってみようか。

ふぶきのこえ
われをよぶ
風の音であろう。私はするするのぼり始めた。
とらわれの
われをよぶ
気疲れがひどいと、さまざまな歌声がきこえるものだ。私は梢
にまで達した。梢の枯枝を二三度ばさばさゆすぶってみた。
いのちともしき
われをよぶ

足だまりにしていた枯枝がぽきっと折れた。不覚にも私は、ずるずる幹づたいに滑り落ちた。

「折ったな。」

その声を、つい頭の上で、はっきり聞いた。私は幹にすがって立ちあがり、うつろな眼で声のありかを捜したのである。ああ。戦慄《せんりつ》が私の背を走る。朝日を受けて金色にかがやく断崖を一匹の猿がのそのそと降りて来るのだ。私のからだの中でそれまで眠らされていたものが、いちどにきらっと光り出した。

「降りて来い。枝を折ったのはおれだ。」

「それは、おれの木だ。」

崖を降りつくした彼は、そう答えて滝口のほうへ歩いて来た。私は身構えた。彼はまぶしそうに額へたくさんの皺《しわ》をよせて、私の姿をじろじろ眺め、やがて、まっ白い歯をむきだして笑った。笑いは私をいらだたせた。

「おかしいか。」

「おかしい。」彼は言った。「海を渡って来たろう。」

「うん。」私は滝口からもくもく湧いて出る波の模様を眺めながらうなずいた。せま苦しい箱の中で過したながい旅路を回想したのである。

「なんだか知れぬが、おおきい海を。」

「うん。」また、うなずいてやった。

「やっぱり、おれと同じだ。」

彼はそう呟《つぶや》き、滝口の水を掬《すく》って飲んだ。いつの間にか、私たちは並んで坐っていたのである。

「ふるさとが同じなのさ。一目、見ると判る。おれたちの国のものは、みんな耳が光っているのだよ。」

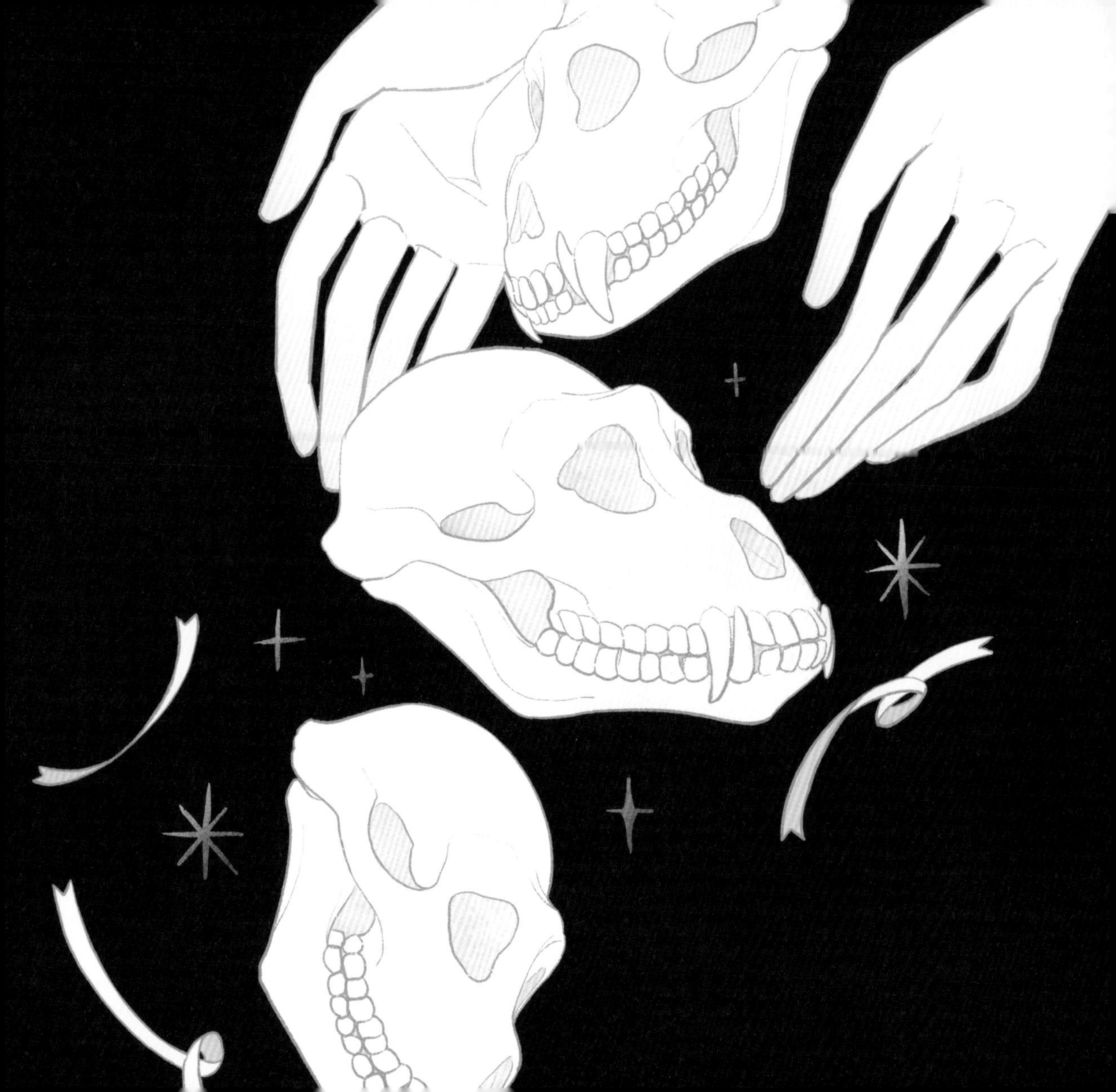

彼は私の耳を強くつまみあげた。私は怒って、彼のそのいたずらした右手をひっ掻《か》いてやった。それから私たちは顔を見合せて笑った。私は、なにやらくつろいだ気分になっていたのだ。

けたたましい叫び声がすぐ身ぢかで起った。おどろいて振りむくと、ひとむれの尾の太い毛むくじゃらな猿が、丘のてっぺんに陣どって私たちへ吠《ほ》えかけているのである。私は立ちあがった。

「よせ、よせ。こっちへ手むかっているのじゃないよ。ほえざるという奴さ。毎朝あんなにして太陽に向って吠えたてるのだ。」

私は呆然《ぼうぜん》と立ちつくした。どの山の峯にも、猿がいっぱいにむらがり、背をまるくして朝日を浴びているのである。

「これは、みんな猿か。」

私は夢みるようであった。

「そうだよ。しかし、
おれたちとちがう猿だ。ふるさとがちがうのさ。」

私は彼等を一匹一匹たんねんに眺め渡した。ふさふさした白い毛を朝風に吹かせながら児猿に乳を飲ませている者。赤い大きな鼻を空にむけてなにかしら歌っている者。縞《しま》の美事な尾を振りながら日光のなかでつるんでいる者。しかめつらをして、せわしげにあちこちと散歩している者。

私は彼に囁《ささや》いた。

「ここは、どこだろう。」

彼は慈悲ふかげな眼ざしで答えた。

「おれも知らないのだよ。しかし、日本ではないようだ。」

「そうか。」私は溜息《ためいき》をついた。「でも、この木は木曾樫のようだが。」

彼は振りかえって枯木の幹をぴたぴたと叩き、ずっと梢を見あげたのである。

「そうでないよ。枝の生えかたがちがうし、それに、木肌の日の反射のしかただって鈍いじゃないか。もっとも、芽が出てみないと判らぬけれど。」

私は立ったまま、枯木へ寄りかかって彼に尋ねた。

「どうして芽が出ないのだ。」

「春から枯れているのさ。おれがここへ来たときにも枯れていた。あれから、四月、五月、六月、と三つきも経っているが、しなびて行くだけじゃないか。これは、ことに依ったら挿木《さしき》でないかな。根がないのだよ、きっと。あっちの木は、もっとひどいよ。奴等のくそだらけだ。」

そう言って彼は、ほえざるの一群を指さした。ほえざるは、もう啼《な》きやんでいて、島は割合に平静であった。

「坐らないか。話をしよう。」

私は彼にぴったりくっついて坐った。

「ここは、いいところだろう。この島のうちでは、ここがいちばんいいのだよ。日が当るし、木があるし、おまけに、水の音が聞えるし。」彼は脚下の小さい滝を満足げに見おろしたのである。

「おれは、日本の北方の海峡ちかくに生れたのだ。夜になると波の音が幽《かす》かにどぶんどぶんと聞えたよ。波の音って、いいものだな。なんだかじわじわ胸をそそるよ。」

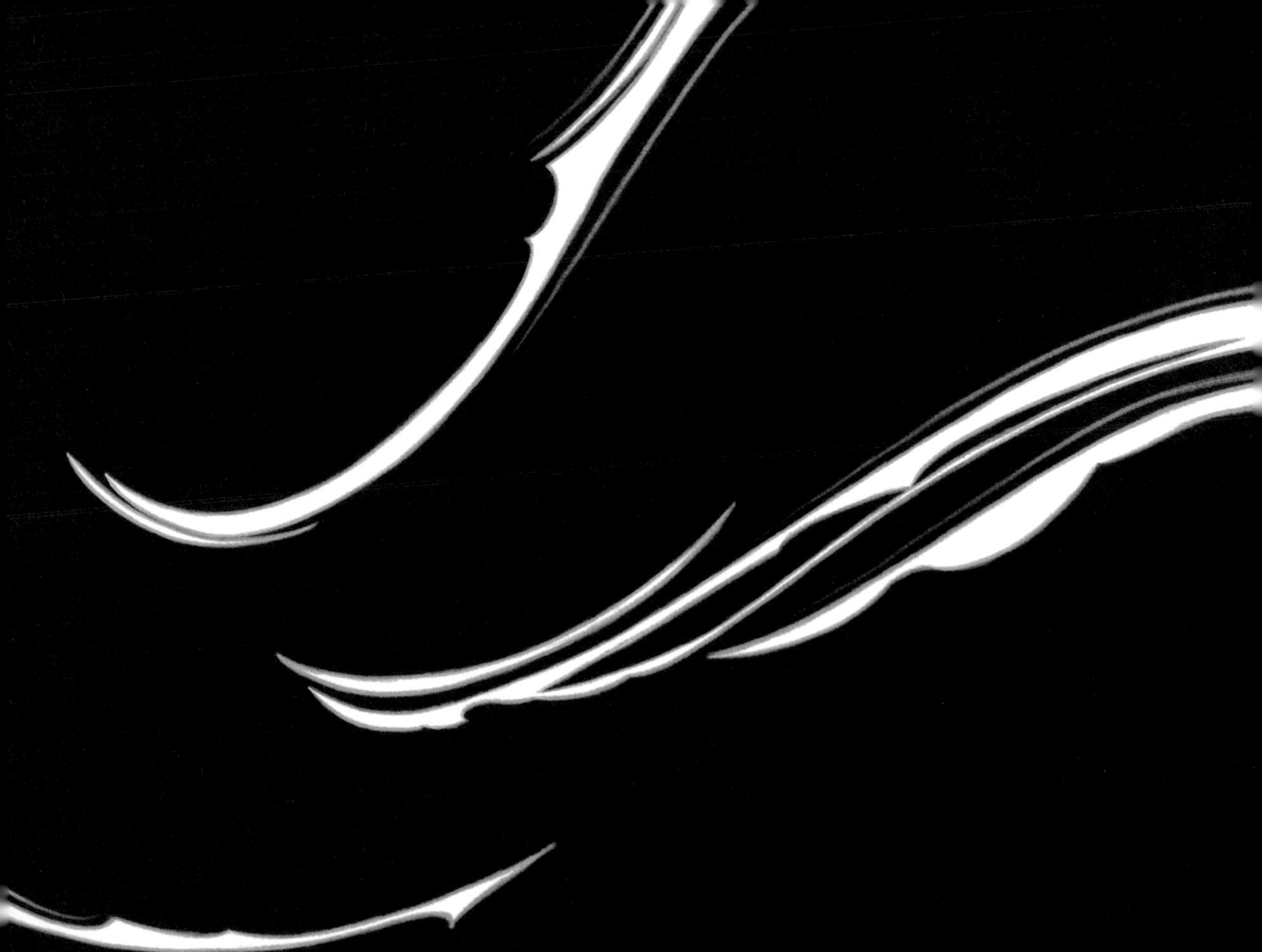

私もふるさとのことを語りたくなった。

「おれには、水の音よりも木がなつかしいな。日本の中部の山の奥の奥で生れたものだから。青葉の香はいいぞ。」

「それあ、いいさ。みんな木をなつかしがっているよ。だから、この島にいる奴は誰にしたって、一本でも木のあるところに坐りたいのだよ。」言いながら彼は股の毛をわけて、深い赤黒い傷跡をいくつも私に見せた。「ここをおれの場所にするのに、こんな苦労をしたのさ。」

私は、この場所から立ち去ろうと思った。「おれは、知らなかったものだから。」

「いいのだよ。構わないのだよ。おれは、ひとりぼっちなのだ。いまから、ここをふたりの場所にしてもいい。だが、もう枝を折らないようにしろよ。」

霧はまったく晴れ渡って、私たちのすぐ眼のまえに、異様な風景が現出したのである。青葉。それがまず私の眼にしみた。私には、いまの季節がはっきり判った。ふるさとでは、椎《しい》の若葉が美しい頃なのだ。私は首をふりふりこの並木の青葉を眺めた。しかし、そういう陶酔《とうすい》も瞬時に破れた。私はふたたび驚愕《きょうがく》の眼を見はったのである。青葉の下には、水を打った砂利道が涼しげに敷かれていて、白いよそおいをした瞳の青い人間たちが、流れるようにぞろぞろ歩いている。まばゆい鳥の羽を頭につけた女もいた。蛇の皮のふとい杖をゆるやかに振って右左に微笑を送る男もいた。彼は私のわななく胴体をつよく抱き、口早に囁いた。

「おどろくなよ。毎日こうなのだ。」

「どうなるのだ。みんなおれたちを狙っている。」山で捕われ、この島につくまでの私のむざんな経歴が思い出され、私は下唇を噛みしめた。

「見せ物だよ。おれたちの見せ物だよ。だまって見ていろ。面白いこともあるよ。」

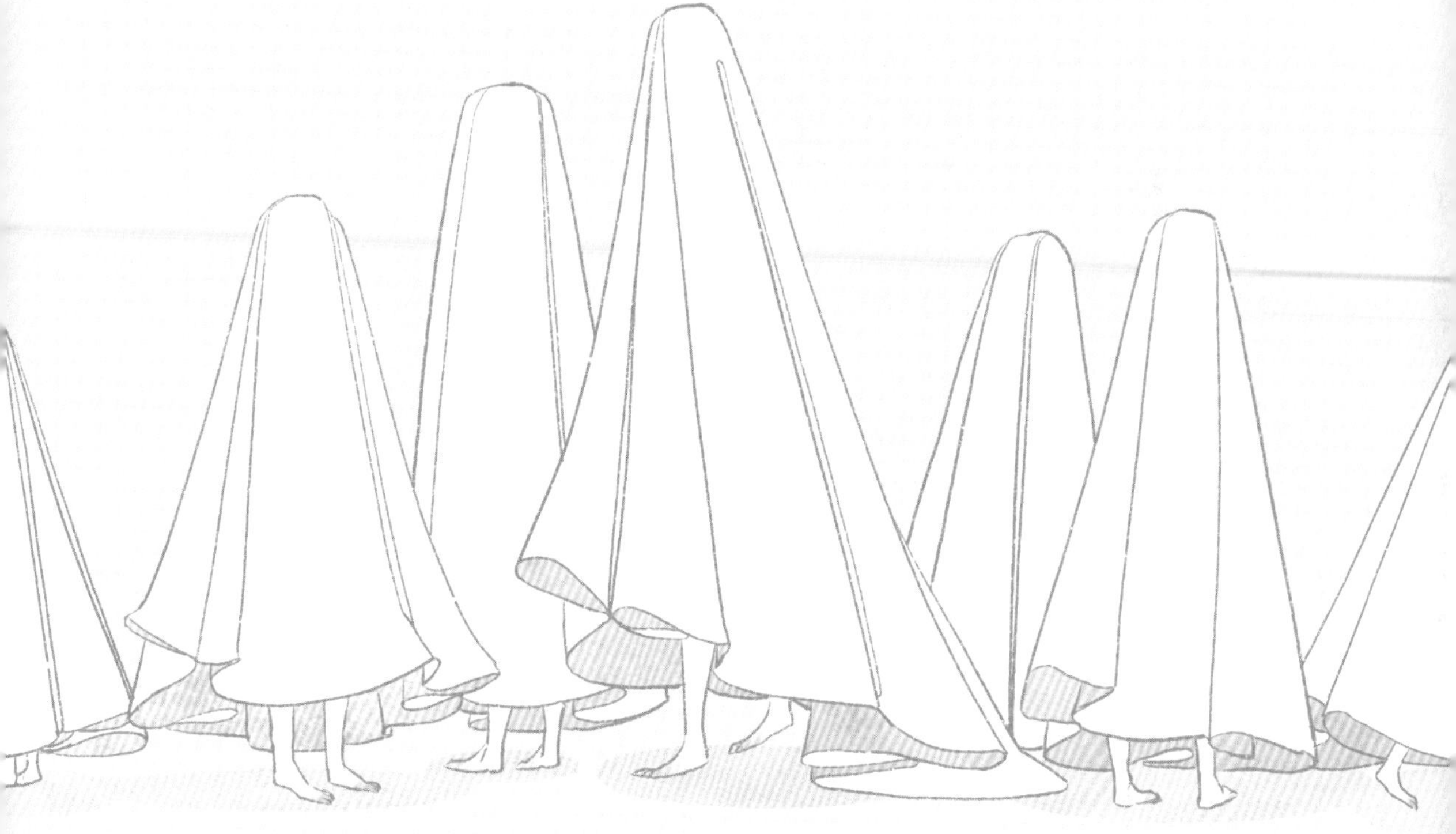

彼はせわしげにそう教えて、片手ではなおも私のからだを抱きかかえ、もう一方の手であちこちの人間を指さしつつ、ひそひそ物語って聞かせたのである。あれは人妻と言って、亭主のおもちゃになるか、亭主の支配者になるか、ふたとおりの生きかたしか知らぬ女で、もしかしたら人間の臍《へそ》というものが、あんな形であるかも知れぬ。あれは学者と言って、死んだ天才にめいわくな註釈をつけ、生れる天才をたしなめながらめしを食っているおかしな奴だが、おれはあれを見るたびに、なんとも知れず眠たくなるのだ。あれは女優と言って、舞台にいるときよりも素面《すがお》でいるときのほうが芝居の上手な婆で、おおお、またおれの奥の虫歯がいたんで来た。あれは地主と言って、自分もまた労働していると しじゅう弁明ばかりしている小胆者だが、おれはあのお姿を見ると、鼻筋づたいに虱《しらみ》が這って歩いているようなもどかしさを覚える。また、あそこのベンチに腰かけている白手袋の男は、おれのいちばんいやな奴で、見ろ、あいつがここへ現われたら、もはや中天に、臭く黄色い糞の竜巻が現われているじゃないか。

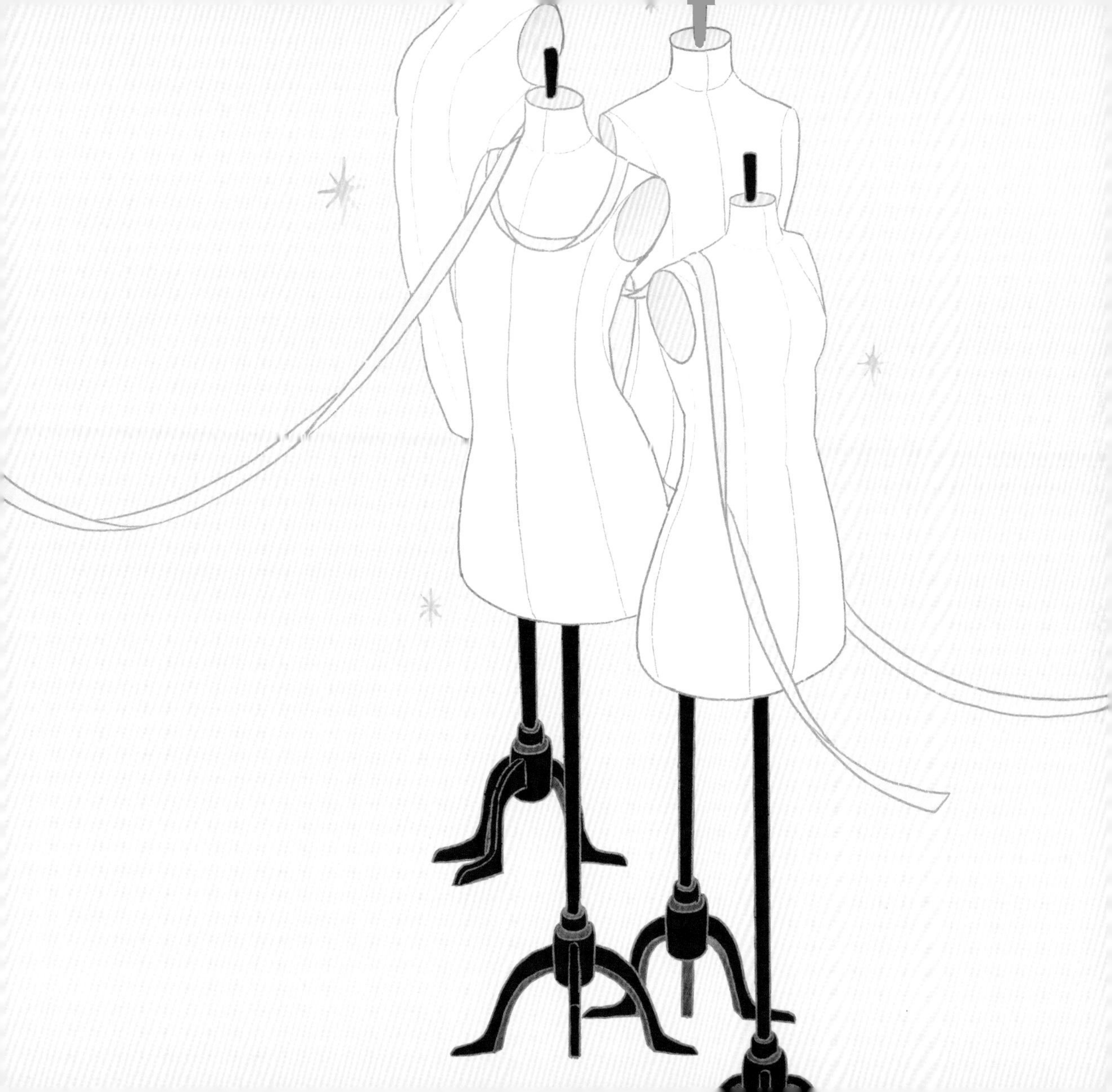

私は彼の饒舌《じょうぜつ》をうつつに聞いていた。私は別なものを見つめていたのである。燃えるような四つの眼を。青く澄んだ人間の子供の眼を。先刻よりこの二人の子供は、島の外廓に築かれた胡麻石の塀からやっと顔だけを覗きこませ、むさぼるように島を眺めまわしているのだ。二人ながら男の子であろう。短い金髪が、朝風にぱさぱさ踊っている。ひとりは、そばかすで鼻がまっくろである。もうひとりの子は、桃の花のような頬をしている。

やがて二人は、同時に首をかしげて思案した。それから鼻のくろい子供が唇をむっと尖《とが》らせ、烈しい口調で相手に何か耳うちした。私は彼のからだを両手でゆすぶって叫んだ。

「何を言っているのだ。教えて呉れ。あの子供たちは何を言っているのだ。」

彼はぎょっとしたらしく、ふっとおしゃべりを止し、私の顔と向うの子供たちとを見較べた。そうして、口をもぐもぐ動かしつつ暫く思いに沈んだのだ。私は彼のそういう困却にただならぬ気配を見てとったのである。子供たちが訳のわからぬ言葉をするどく島へ吐きつけて、そろって石塀の上から影を消してしまってからも、彼は額に片手をあてたり尻を掻きむしったりしながら、ひどく躊躇《ちゅうちょ》をしていたが、やがて、口角に意地わるげな笑いをさえ含めてのろのろと言いだした。

「いつ来て見ても変らない、とほざいたのだよ。」

変らない。私には一切がわかった。私の疑惑が、まんまと的中していたのだ。変らない。これは批評の言葉である。見せ物は私たちなのだ。

「そうか。すると、君は嘘をついていたのだね。」ぶち殺そうと思った。

彼は私のからだに巻きつけていた片手へぎゅっと力こめて答えた。

「ふびんだったから。」

私は彼の幅のひろい胸にむしゃぶりついたのである。彼のいやらしい親切に対する憤怒よりも、おのれの無智に対する羞恥《しゅうち》の念がたまらなかった。

「泣くのはやめろよ。どうにもならぬ。」彼は私の背をかるくたたきながら、ものうげに呟いた。「あの石塀の上に細長い木の札が立てられているだろう？　おれたちには裏の薄汚く赤ちゃけた木目だけを見せているが、あのおもてには、なんと書かれてあるか。人間たちはそれを読むのだよ。耳の光るのが日本の猿だ、と書かれてあるのさ。いや、もしかしたら、もっとひどい侮辱が書かれてあるのかも知れないよ。」

私は聞きたくもなかった。彼の腕からのがれ、枯木のもとへ飛んで行った。のぼった。梢にしがみつき、島の全貌を見渡したのである。日はすでに高く上って、島のここかしこから白い靄《もや》がほやほやと立っていた。百匹もの猿は、青空の下でのどかに日向《ひなた》ぼっこして遊んでいた。私は、滝口の傍でじっとうずくまっている彼に声をかけた。

「みんな知らないのか。」

彼は私の顔を見ずに下から答えてよこした。

「知るものか。知っているのは、おそらく、おれと君とだけだよ。」

「なぜ逃げないのだ。」

「君は逃げるつもりか。」

「逃げる。」

青葉。砂利道。人の流れ。

「こわくないか。」

私はぐっと眼をつぶった。言っていけない言葉を彼は言ったのだ。

はたはたと耳をかすめて通る風の音にまじって、低い歌声が響いて来た。彼が歌っているのであろうか。眼が熱い。さっき私を木から落したのは、この歌だ。私は眼をつぶったまま耳傾けたのである。

「よせ、よせ。降りて来いよ。ここはいいところだよ。日が当るし、木があるし、水の音が聞えるし、それにだいいち、めしの心配がいらないのだよ。」

彼のそう呼ぶ声を遠くからのように聞いた。それからひくい笑い声も。

ああ。この誘惑は真実に似ている。あるいは真実かも知れぬ。私は心のなかで大きくよろめくものを覚えたのである。けれども、けれども血は、山で育った私の馬鹿な血は、やはり執拗に叫ぶのだ。

——否！

一八九六年、六月のなかば、ロンドン博物館附属動物園の事務所に、日本猿の遁走《とんそう》が報ぜられた。行方が知れぬのである。しかも、一匹でなかった。二匹である。

※本書には、現在の観点から見ると差別用語と取られかねない表現が含まれていますが、原文の歴史性を考慮してそのままとしました。

乙女の本棚シリーズ

［左上から］

『女生徒』太宰治＋今井キラ／『猫町』萩原朔太郎＋しきみ
『葉桜と魔笛』太宰治＋紗久楽さわ
『檸檬』梶井基次郎＋げみ
『押絵と旅する男』江戸川乱歩＋しきみ
『瓶詰地獄』夢野久作＋ホノジロトヲジ
『蜜柑』芥川龍之介＋げみ ／『夢十夜』夏目漱石＋しきみ
『外科室』泉鏡花＋ホノジロトヲジ
『赤とんぼ』新美南吉＋ねこ助
『月夜とめがね』小川未明＋げみ
『夜長姫と耳男』坂口安吾＋夜汽車
『桜の森の満開の下』坂口安吾＋しきみ
『死後の恋』夢野久作＋ホノジロトヲジ
『山月記』中島敦＋ねこ助
『秘密』谷崎潤一郎＋マツオヒロミ
『魔術師』谷崎潤一郎＋しきみ
『人間椅子』江戸川乱歩＋ホノジロトヲジ
『春は馬車に乗って』横光利一＋いとうあつき
『魚服記』太宰治＋ねこ助
『刺青』谷崎潤一郎＋夜汽車
『詩集『抒情小曲集』より』室生犀星＋げみ
『Kの昇天』梶井基次郎＋しらこ
『詩集『青猫』より』萩原朔太郎＋しきみ
『春の心臓』イェイツ（芥川龍之介訳）＋ホノジロトヲジ
『鼠』堀辰雄＋ねこ助
『詩集『山羊の歌』より』中原中也＋まくらくらま
『人でなしの恋』江戸川乱歩＋夜汽車
『夜叉ヶ池』泉鏡花＋しきみ
『待つ』太宰治＋今井キラ／『高瀬舟』森鷗外＋げみ
『ルルとミミ』夢野久作＋ねこ助
『駈込み訴え』太宰治＋ホノジロトヲジ
『木精』森鷗外＋いとうあつき
『黒猫』ポー（斎藤寿葉訳）＋まくらくらま
『恋愛論』坂口安吾＋しきみ
『二人の稚児』谷崎潤一郎＋夜汽車
『猿ヶ島』太宰治＋すり餌

全て定価：1980円（本体1800円＋税10%）

『悪魔　乙女の本棚作品集』
しきみ

定価：2420円（本体2200円＋税10%）

猿ヶ島

2024年 4月12日　第1版1刷発行

著者　太宰 治
絵　すり餌

編集・発行人　松本 大輔
デザイン　根本 綾子(Karon)
協力　神田 岬
担当編集　切刀 匠

発行：立東舎
発売：株式会社リットーミュージック
〒101-0051 東京都千代田区神田神保町一丁目105番地

印刷・製本：株式会社広済堂ネクスト

【本書の内容に関するお問い合わせ先】
info@rittor-music.co.jp
本書の内容に関するご質問は、Eメールのみでお受けしております。
お送りいただくメールの件名に「猿ヶ島」と記載してお送りください。
ご質問の内容によりましては、しばらく時間をいただくことがございます。
なお、電話やFAX、郵便でのご質問、本書記載内容の範囲を超えるご質問につきましてはお答えできませんので、
あらかじめご了承ください。

【乱丁・落丁などのお問い合わせ】
service@rittor-music.co.jp

Printed in Japan　ISBN978-4-8456-3997-7
定価1,980円(1,800円+税10%)